图像小说

Agatha Christie

三幕悲剧

THREE ACT TRAGEDY

〔英〕阿加莎·克里斯蒂 原著

〔法〕弗雷德里克·布雷莫 改编　〔意〕阿尔贝托·扎农 绘

范晓菁 译

人民文学出版社

著作权合同登记号 图字 01-2024-2123

AGATHA CHRISTIE
Three Act Tragedy Graphic Novel
by Frédéric Brémaud, Alberto Zanon
Adapted from
Three Act Tragedy © 1935 Agatha Christie Limited. All rights reserved.
The Poirot logo is a trademark, and AGATHA CHRISTIE, POIROT and the Agatha Christie
Signature are registered trademarks of Agatha Christie Limited in the UK and elsewhere. All rights reserved.
www.agathachristie.com
Drame en trois actes
BELG Prod. © 2022

图书在版编目(CIP)数据

三幕悲剧 /（英）阿加莎·克里斯蒂原著；（法）弗雷德里克·布雷莫改编；（意）阿尔贝托·扎农绘；范晓菁译. -- 北京：人民文学出版社，2024. --（99图像小说）. -- ISBN 978-7-02-018893-2

Ⅰ. I561.45

中国国家版本馆CIP数据核字第2024GF7340号

责任编辑	朱卫净　杜玉花　欧雪勤	
装帧设计	钱　珺	

出版发行	人民文学出版社
社　　址	北京市朝内大街166号
邮政编码	100705
印　　刷	凸版艺彩（东莞）印刷有限公司
经　　销	全国新华书店等
字　　数	50千字
开　　本	965毫米×1270毫米　1/16
印　　张	4
版　　次	2024年10月北京第1版
印　　次	2024年10月第1次印刷
书　　号	978-7-02-018893-2
定　　价	88.00元

如有印装质量问题，请与本社图书销售中心调换。电话：010-65233595

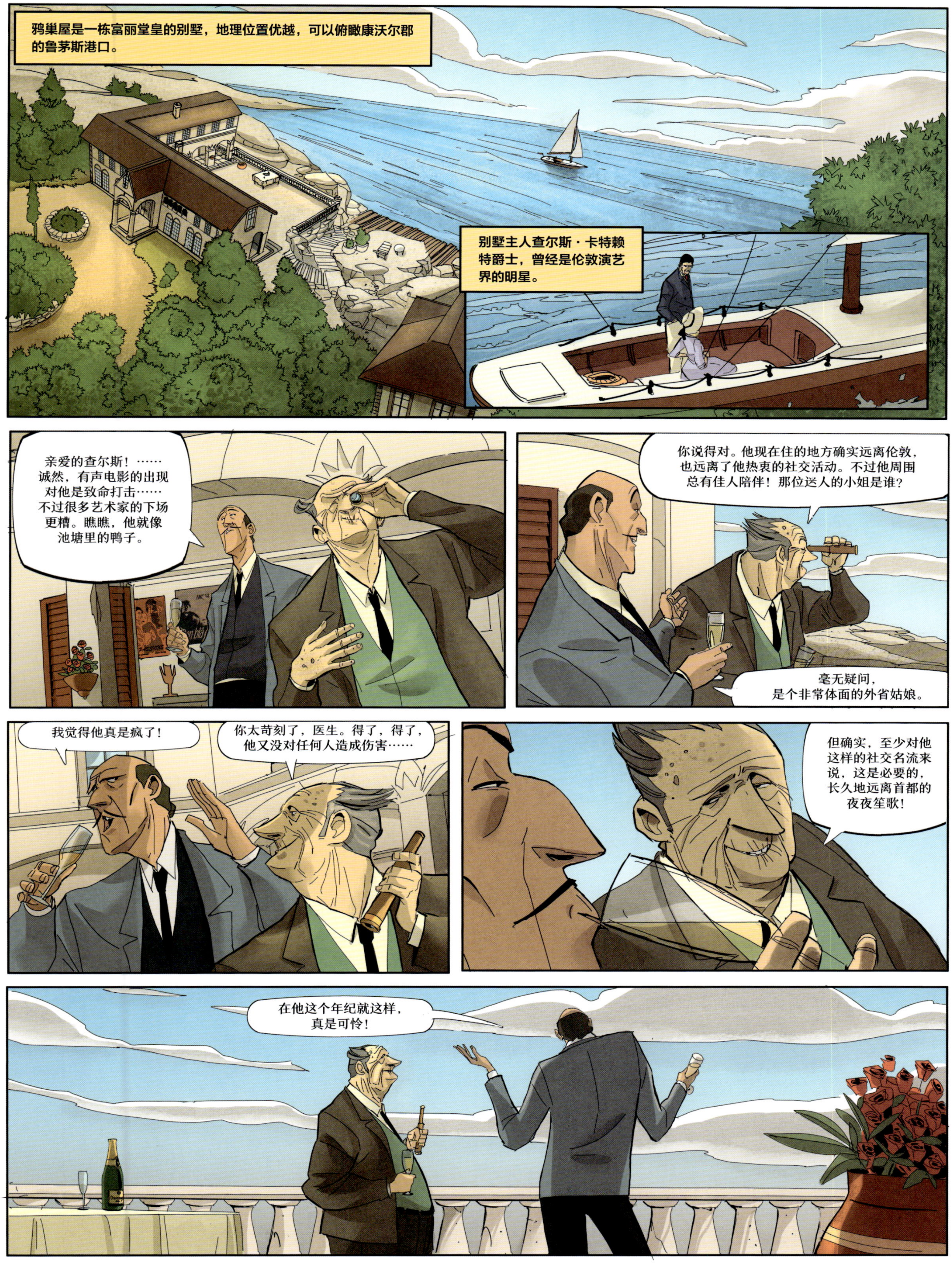
鸦巢屋是一栋富丽堂皇的别墅，地理位置优越，可以俯瞰康沃尔郡的鲁茅斯港口。
别墅主人查尔斯·卡特赖特爵士，曾经是伦敦演艺界的明星。
亲爱的查尔斯！……诚然，有声电影的出现对他是致命打击……不过很多艺术家的下场更糟。瞧瞧，他就像池塘里的鸭子。
你说得对。他现在住的地方确实远离伦敦，也远离了他热衷的社交活动。不过他周围总有佳人陪伴！那位迷人的小姐是谁？
毫无疑问，是个非常体面的外省姑娘。
我觉得他真是疯了！
你太苛刻了，医生。得了，得了，他又没对任何人造成伤害……
但确实，至少对他这样的社交名流来说，这是必要的，长久地远离首都的夜夜笙歌！
在他这个年纪就这样，真是可怜！

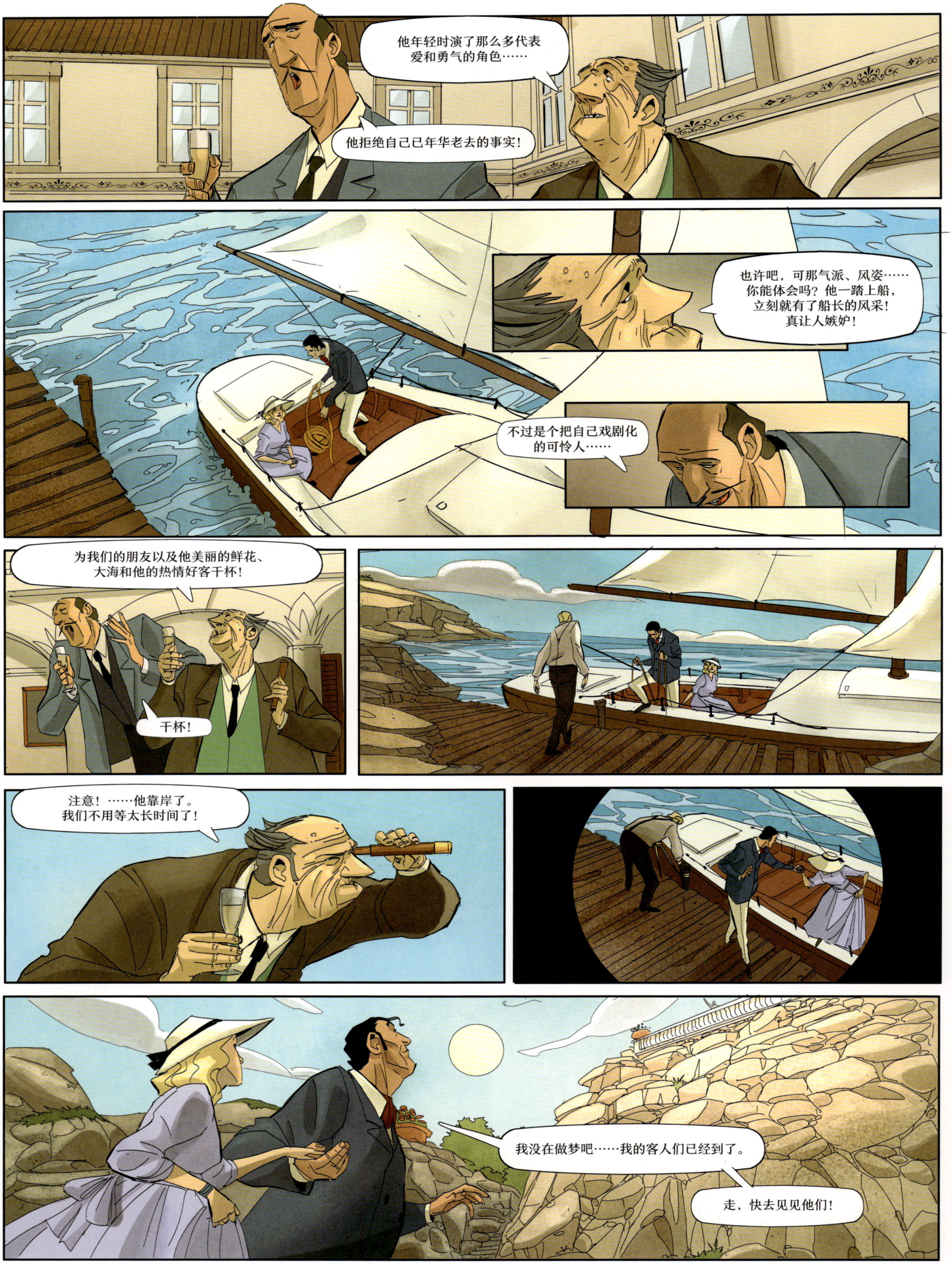
他年轻时演了那么多代表爱和勇气的角色……
他拒绝自己已年华老去的事实！
也许吧，可那气派、风姿……你能体会吗？他一踏上船，立刻就有了船长的风采！真让人嫉妒！
不过是个把自己戏剧化的可怜人……
为我们的朋友以及他美丽的鲜花、大海和他的热情好客干杯！
干杯！
注意！……他靠岸了。我们不用等太长时间了！
我没在做梦吧……我的客人们已经到了。
走，快去见见他们！

但在此之前……
送给你，蛋蛋……
哦，查尔斯爵士，它太美了！
萨特思韦特先生和巴塞罗缪，我的好朋友！
请允许我介绍赫米欧·利顿·戈尔小姐，朋友们都叫她蛋蛋。
很荣幸认识你，小妇。
萨特思韦特先生博学多才，有时也是一名侦探。你将从他身上学到很多科学知识！
很荣幸，先生！
巴塞罗缪·斯特兰奇是最优秀的医生，也是我儿时的好朋友。
你好，小姐！
完美！看来我们勇敢的米尔雷小姐让你久等了……
谢谢，小姐！

我的朋友们，很荣幸大家光临寒舍！

这里简直就是一座宫殿！祝贺你，我的朋友，再也找不到比这更美的景色了！

刚刚我们在聊你为何远离伦敦，不过见到这位迷人的小姐我们就明白了。祝你幸福，我亲爱的朋友。

我承认她让我心动不已……

但你们错了！……我已经太老了，她还是个孩子。

但你们俩看起来很般配……

你们在聊什么？

?！……呃……

我在说……我们好像站在奥林匹斯山顶一样！

奥林匹斯？

对我而言更像是一座陵墓！不过确实不该忘记纪念过去的辉煌！

亲爱的朋友，我的确有过光辉岁月啊。你的职业生涯更长吧！你的诊所怎么样了？

很好！嘿，嘿！

除了我们，你还邀请了别人吧……

是的！……有几个本地人，还有一个来自伦敦的好朋友。

*13 这个数字在西方表示不吉利。

当晚，在俯瞰露台的大客厅……
天哪，这地方真美！简直令人叹为观止！
辛西娅·戴克斯，来自伦敦的女装店主，萨特思韦特先生认为她是个很有头脑的女人，正用赞赏的眼光看着她。
亲爱的朋友，我很高兴。
查尔斯爵士。
她的丈夫，戴克斯船长。
医生，别跟我提起那匹马。它上次表现不佳让我损失了一大笔钱！
玛丽·利顿·戈尔夫人，寡居，生活拮据，在她女儿赫米欧三岁时搬到了鲁茅斯。
萨克利夫小姐，演员。
安吉拉，请允许我向你介绍赫米欧和她迷人的母亲玛丽夫人。
安吉拉是一名伟大的演员，也是我的朋友。我敢说，也是知己。
查尔斯，别这样……
我说的都是事实！我们一起演了太多绝妙的戏剧。
亲爱的朋友，我们一起做的远不止这些，不过今晚可能不适合全盘托出……
看看……她简直还是个孩子，可我已经老了！
威尔斯小姐是一位著名的编剧，声音高亢而粗俗。奇怪的是，她用笔名安东尼·阿斯特创作的道德喜剧却散发着一种富有教养的、“非常世故”的腔调。这证明作者与作品之间存在着巨大的鸿沟。
我去了法国南部，但老实说，我一点儿也不喜欢那里。当然，这对我的创作还是有用的。你知道的，去看看那儿发生的一切……

赫尔克里·波洛，著名侦探，有些人说他的口音真是糟糕透顶。
FANTOMAS
你可以摸一下，我的朋友，它并不锋利！
我宁愿用真正的小雕塑。在我看来，它像钝器一样危险！
查尔斯爵士，祝贺你！真是美妙绝伦的别墅！
你的夸赞真让我受宠若惊……
巴宾顿牧师和他的妻子。
牧师，夫人！你们能来，我感到非常荣幸……
奥利弗·曼德斯是一位年轻的记者，也是赫米欧儿时的玩伴。
很明显他有心事，甚至可以说是心神不安……
也许是嫉妒，也许是有其他麻烦……
查尔斯爵士能来这里定居，我们感到非常幸运。他是如此友善、如此慷慨，真是个令人愉快的邻居！
我们都很喜欢他。他并没有因为成功而变得傲慢！
亲爱的朋友们！

来一杯鸡尾酒吗？
小姐……
喝一杯吧，不要客气！
我先干为敬！
祝你身体健康，牧师。
身体健康。
PASSION
咳！咳！
这是时髦的饮料！也许过于现代，不过……
你不喝吗，医生？
我完全不喝鸡尾酒。不过还有很多其他选择……
干杯！
干杯！
斯蒂芬？！
?!

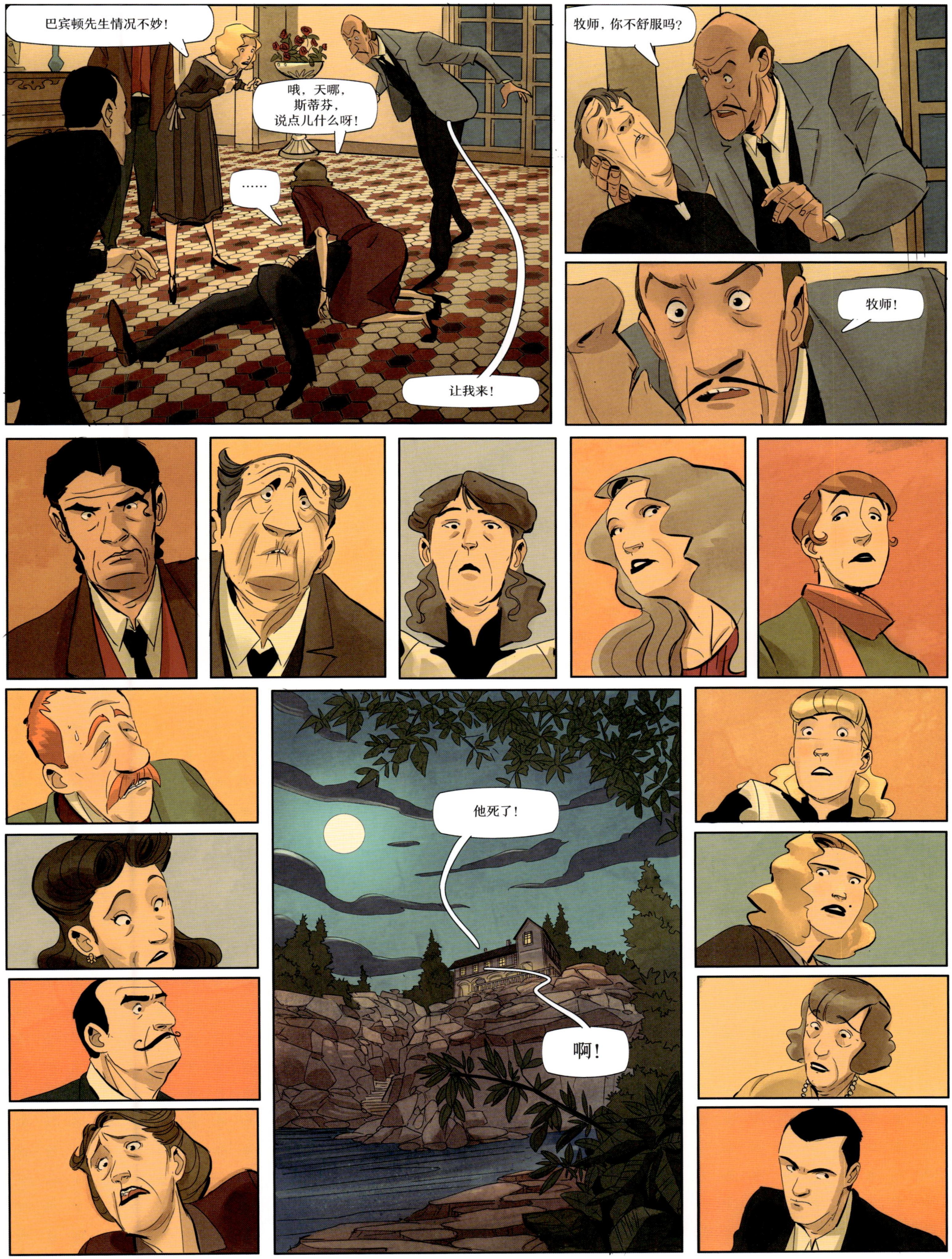

巴宾顿先生情况不妙！
哦，天哪，斯蒂芬，说点儿什么呀！
……
让我来！
牧师，你不舒服吗？
牧师！
他死了！
啊！

第二天早上……
不，不，查尔斯！我检查了牧师的尸体，虽然令人痛心，但他看起来是自然死亡！
可他并没有生病，而且身体非常健康！
人到了一定的年纪，身体总会出问题的！
不幸的是，这的确是事实……这是生命中不可避免的事情。
而你，我亲爱的朋友，你怎么看？有什么可疑之处吗？
从托盘里随意拿的一杯酒？不，我看不出任何犯罪的痕迹……
“我们对死者了解多少？他没有敌人，孩子都在世界各地，也没有让人垂涎的财富……”
这座别墅散发着死亡的气息！
我决定了，我要离开这里！米尔雷小姐，我的行李准备好了吗？
DOYLY CARTE
?!
哦，我的朋友！那个可爱的蛋蛋似乎很喜欢你啊？
我告诉过你，我太老了……你没看到她和年轻的奥利弗·曼德斯有多亲近吗？

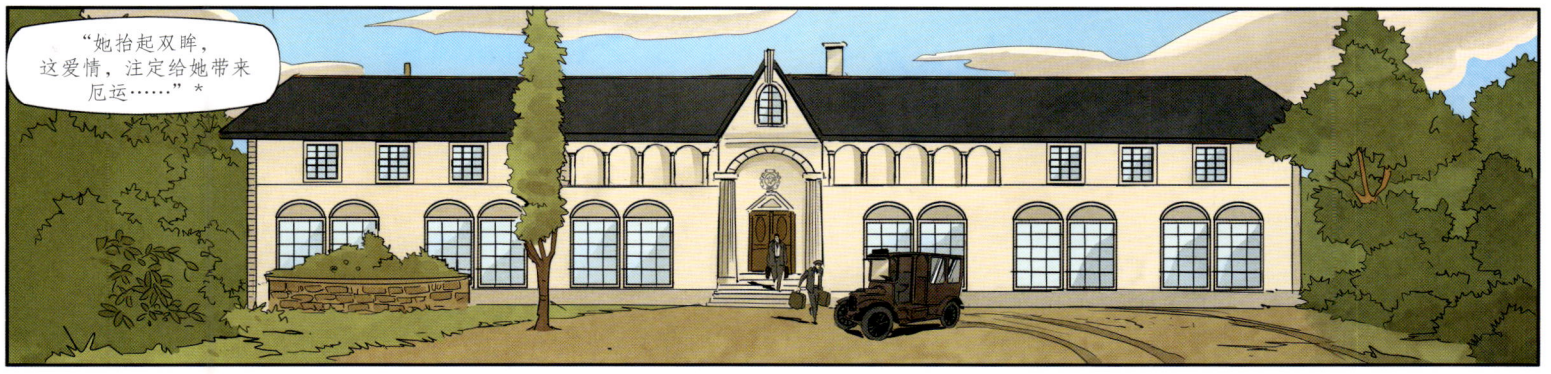

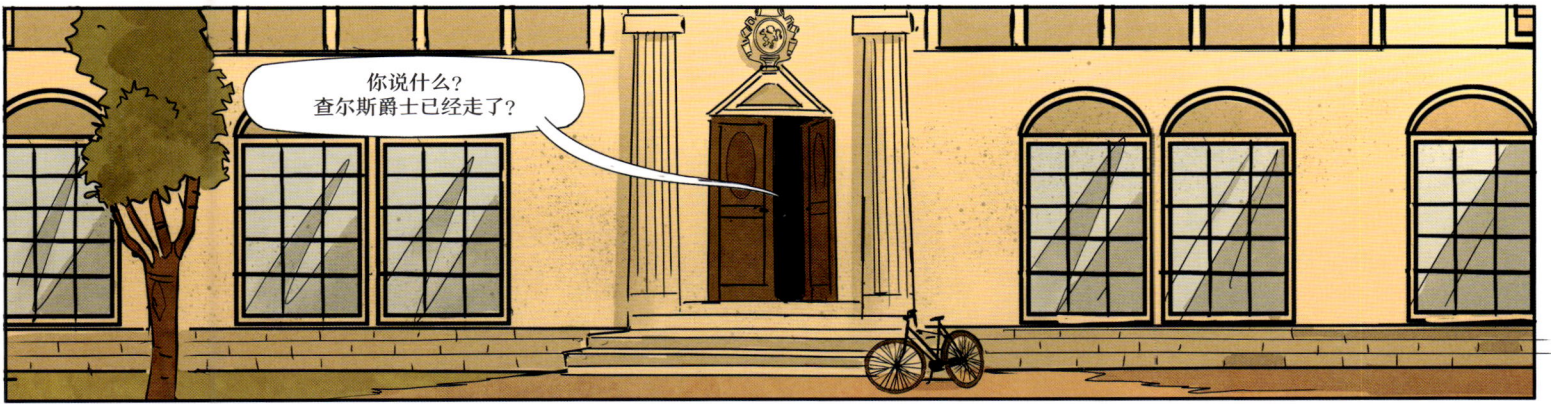

* 这段诗句出自阿尔弗雷德·丁尼生勋爵（1809—1892）的《亚瑟王传奇》。

在一轮社交聚会结束后,萨特思韦特先生在蒙特卡洛待了一段时间。他特别喜欢九月的里维埃拉 *!

?!

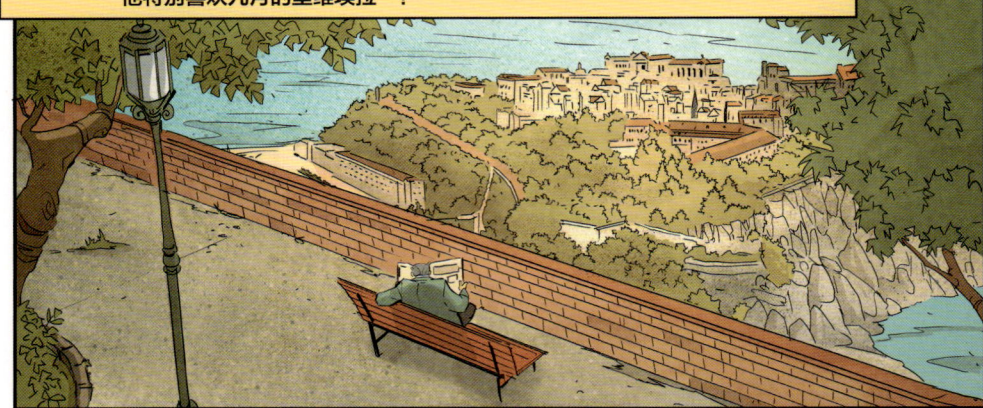

"我们遗憾地得知巴塞罗缪·斯特兰奇爵士已离开人世……当时他正与客人聊天,喝着一杯波尔多红酒,在急救人员赶到之前便已身亡……"

天哪,太可怕了!

里维埃拉……查尔斯爵士决定常年住在那里,当然这里离伦敦很远,但英国上流人士经常聚于此地,似乎又离伦敦依然很近……

可怜的巴塞罗缪!你知道这件事吗?

唉,唉……

像岩石一样健壮的人!听起来是不是很熟悉?

鲁茅斯,当然!但相似可能只是表面现象……

不,不,不,我的朋友!看,我刚收到蛋蛋·利顿·戈尔的来信!

哦!

这是她写给你的第一封信吗?

不,我刚到这里时收到了几封……都是些无关紧要的琐事。我不敢回信,因为我不想让自己成为笑柄!

这一封呢?

这是一封求救信!你自己看看吧!我们的朋友死时,她就在他家!

* 这里指法属里维埃拉,即蓝色海岸,是海滨度假胜地,摩纳哥公国位于该地区内。蒙特卡洛是摩纳哥公国的一座城市。

亲爱的查尔斯爵士：
我不知道你什么时候会收到这封信。
我希望能很快。我非常担心，不知道该怎么办。
你一定在报纸上看到巴塞罗缪爵士去世的消息。
他和巴宾顿先生死亡时的情形一样。
这不可能是巧合。绝不可能！我担心极了。
你可以回来做点什么吗？我的请求也许有些唐突，但对第一起案件你就有过怀疑，只是当时没人相信你。现在是你自己的朋友被杀害，你是唯一能揭开真相的人。我敢肯定，我的直觉告诉我这一点……
还有一件事，我很担心一个人……
他与这件事毫不相干，我知道的，但事情看起来有点奇怪。在信里我不能说更多了。
你不想回来吗？你能揭开真相的。我知道你能。
仓促之中
蛋蛋
我很想知道还有哪些客人！
的确，这很重要！
所以，我翻看了很多报纸……
“巴塞罗缪·斯特兰奇爵士按惯例为圣莱杰赛马举办招待会，邀请的客人有：伊登勋爵和夫人、玛丽·利顿·戈尔夫人、乔斯林爵士和坎贝尔夫人、戴克斯船长和夫人，还有知名女演员安吉拉·萨克利夫小姐。”
戴克斯夫妇和安吉拉·萨克利夫！
再听听这个！
“对巴塞罗缪·斯特兰奇爵士的死因调查，今日得出结论：他是尼古丁中毒身亡，但目前尚不清楚是谁下的毒，也不清楚是如何下的毒……”
尼古丁中毒？好奇怪的手法！
查尔斯爵士，你接下来打算做什么？
我？预订今晚蓝色列车的一个铺位……
好吧，我可能也会这么做……
你？
为什么不呢？这件事我可以帮上忙，而且我在这方面有一些经验！
HOTEL DE PARIS

?!
?!
所有人都在这里啊。
我刚才和查尔斯·卡特赖特爵士在一起！
查尔斯爵士在这里？
他是来玩游艇的……你知道他想彻底放弃他在鲁茅斯的房子吗？
谁能想到他会离开康沃尔郡？他们彼此如此倾心……
英国人的心理就是这样……
你呢，波洛先生，你来这里做什么？度假吗？
永远的假期能叫度假吗？
这很棒，不是吗？
因为童年太贫苦，所以现在更能感到度假不易。
我当过警察，当时每天都非常努力地工作。后来在战争中受了伤，最后来到了英国。一位好心的女士热情招待了我，她死了，是被谋杀的，而我找到了杀害她的凶手。就这样，我开始成为一名私家侦探。我赚了一大笔钱！可你知道吗？我感到无聊透顶，舒适的生活让我闲得慌。
说来听听！我们都经历过这些坎坷！
也不是所有人……你听说那位可怜的医生的事了吗？
哪位可怜的医生？
解释完毕后……
天哪！……似乎查尔斯爵士是对的，而我们错了！
于是，波洛祝他顺利回到英国。

梅尔福特，伦敦和康沃尔郡之间的一个小镇，悲剧就发生在这里。
POLICE
先生们，我本来什么都不能透露！我最多只能告诉你们，调查正在进行中，警方会全力以赴！
但我妻子很欣赏你，查尔斯爵士！我也非常尊敬你！我们在伦敦舞台上看过你很多次的表演！还有你的很多电影！
你最近在忙什么？在准备一部大片？我妻子还纳闷你是不是失踪了……
我……我在休息，约翰逊上校……我想离那些成天大喊大叫却一动不动的演员远一点儿！
先生，我对此完全赞同。谁嗓门大，就谁说了算。不喊叫的人则没人关注！
是的！
如果我们朋友的在天之灵能看到我们……我真为他感到遗憾！
是关于那桩惨剧是吗？斯特兰奇医生在当地很受尊敬，不是吗？
非常！他只有朋友，没有敌人！
但我们有一条线索！
这正是我们感兴趣的。
管家埃利斯先生在接受讯问后就失踪了。但我们曾明确告诉他不可以离开受害者的别墅。
他怎么能离开呢？你们没有人看守吗？
当然有人看守！女演员安吉拉·萨克利夫说，医生曾告诉她房子里有一条秘密通道，但他还没来得及给她看就死了。
你认为管家就是通过秘密通道逃走的？
有可能……

嗯……让我们来看看……
一共有六名女仆，神秘的管家埃利斯，还有
巴塞罗缪的秘书格拉迪丝·林登，33岁。
伊登勋爵夫妇，乔斯林爵士和坎贝尔夫人，安吉拉·克利夫小姐，戴克斯船长和夫人，
玛丽夫人和她的女儿赫米欧·利顿·戈尔，昵称蛋蛋，穆丽尔·威尔斯小姐……
还有奥利弗·曼德斯！
所以他也在那儿！
上校是这么说的。
之后，两位侦探决定前往已故的巴塞罗缪·斯特兰奇的住所——修道院。
凶手一定在两次宴会上都出现过！
别忘了管家只出现在一场宴会上，不过他似乎非常像是凶手！
接待他们的是莱基太太，一位身材高大的厨娘，也是死者仆人中最年长的。
先生们，警察已经到处搜查过了，
连垃圾桶也没放过！看着真让人难过！
这样一个与世无争的人，
还受勋为爵士。
真是难以想象会有人想害他！
至于其他女孩，
别指望我讲她们的坏话。
她们都很爱他。
那些警察！……要说
她们跟这起谋杀案有关，
那真是脑子有问题！

不过埃利斯先生不一样。我对他一无所知，他几天前才来代替贝克先生，因为贝克先生度假去了。

贝克先生？

他是先生的总管，已经做了七年。他身体不太好，先生就让他去海边休息两个月。

你没有发现过什么吗？没有注意到任何事？

不过……

埃利斯先生是个什么样的人？

非常专业，虽然他有自己的一套行事方法。啊，对！他很有教养，也不喜欢掺和别人的事。哦……他还很有礼貌，每次做完事就回到自己的房间。

"他蓄着络腮胡，头发灰白……有点儿驼背，有点儿小肚腩，还戴着眼镜……"

"他缺了一颗牙，但这是女孩们告诉我的。"

没有任何特别之处，除了那颗牙……那巴塞罗缪爵士呢，他看起来如何？

"他看起来很开心，比平常都开心。你们可以想象吗？他居然和埃利斯先生开玩笑！"

"但通常他和仆人总是保持一定的距离。"

我亲爱的朋友们！嗯！嗯！嗯！

我亲爱的朋友们，晚餐过后我为你们准备了一个惊喜！

17

18

19

“威尔斯小姐非常矜持，跟人有距离感，但似乎对管家很感兴趣，甚至可以说被他吸引。”
“医生死后，她四处窥探，让人很不安。她总在打探与自己无关的事情。”
格拉迪丝·林登，受害者的秘书。
除了他们讲的，说实话，我没别的可说了……
比如某个细节，某个毫不起眼的小发现，等等。你要知道，涉及谋杀案，一切都很重要。
哦，这肯定没什么，但在悲剧发生之前，巴塞罗缪爵士打听了诊所刚来的一位女士……
某位德·拉什布里杰夫人。
非常好，请继续！
他想知道她是否安顿好了，是否一切顺利。
他非常关心？
我想是的。
就这些了吗，先生们？
是的，就这些了。谢谢你，林登夫人。
高级女仆说得很肯定。巴塞罗缪爵士笑着说：“你是个好人，埃利斯！一流的管家！你不这么认为吗，比阿特丽斯？”
得进一步调查！得深挖！……
秘书提到的那位德·拉什布里杰夫人也不能忽视……
我完全同意，我的朋友。

在去疗养院确认了德·拉什布里杰夫人已经登记入住之后……
所以这不是你所想的某种暗号，我的朋友……
乍一看不像……但谁知道呢，不要放弃这条线索！
查尔斯爵士和萨特思韦特先生搜查了埃利斯管家的房间。
当然，警局肯定什么也没找到，所以让他逃了……警察都是蠢货！
有可能，但这里真的什么也没有。
除非……那就太蠢了……
瞧瞧！这些扔进炉子里时掉下来的碎纸片。那些蠢货，我早就说过！
但这跟我们感兴趣的事情一点儿关系也没有！
当然……
天哪！真是不可思议的巧合！
这是一封信件的草稿：“写这封信的人不想给任何人带来麻烦，而且可能对他今晚看到的一些细节也有所误解。”
“管家约翰·埃利斯向您致意，并希望能与您就今晚发生的悲剧进行简短交谈，然后再向警察报告其掌握的某些信息……”
“管家约翰·埃利斯掌握了与医生死亡有关的某些信息，还没有把它们告诉给警察……”
“我急需用钱。一千英镑就可以了。有些事情我本可以告诉警方，但我不想制造麻烦……”最后：“我知道医生是如何死的。目前我还没有对警察吐露任何信息。如果您愿意见我……”
太棒了，不是吗？你怎么看？
我觉得埃利斯先生是勒索者，但不是凶手！
而且他可能已经死了，或正在逃跑……

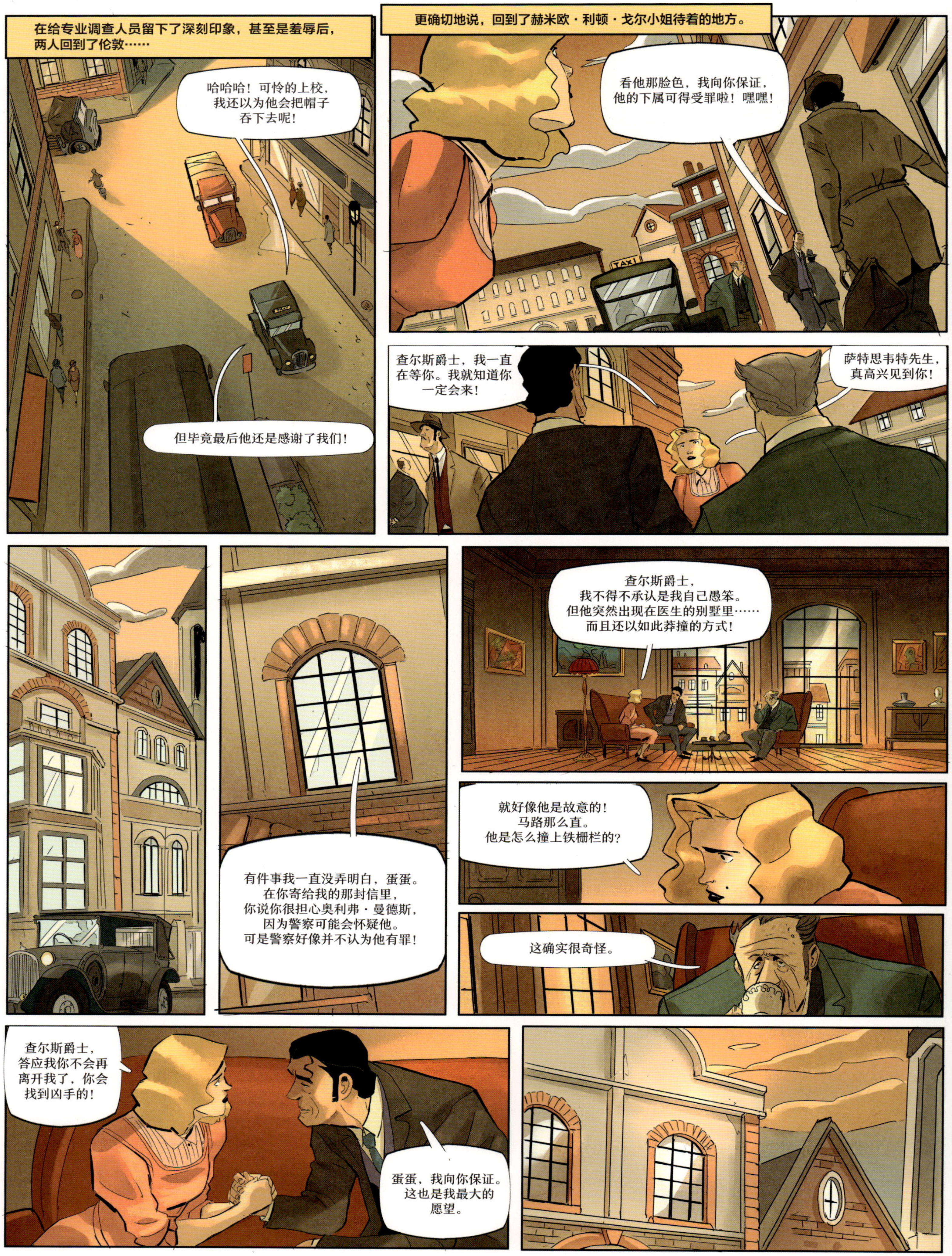
在给专业调查人员留下了深刻印象，甚至是羞辱后，两人回到了伦敦……
哈哈哈！可怜的上校，我还以为他会把帽子吞下去呢！
但毕竟最后他还是感谢了我们！
更确切地说，回到了赫米欧·利顿·戈尔小姐待着的地方。
看他那脸色，我向你保证，他的下属可得受罪啦！嘿嘿！
TAXI
查尔斯爵士，我一直在等你。我就知道你一定会来！
萨特思韦特先生，真高兴见到你！
有件事我一直没弄明白，蛋蛋。在你寄给我的那封信里，你说你很担心奥利弗·曼德斯，因为警察可能会怀疑他。可是警察好像并不认为他有罪！
查尔斯爵士，我不得不承认是我自己愚笨。但他突然出现在医生的别墅里……而且还以如此莽撞的方式！
就好像他是故意的！马路那么直。他是怎么撞上铁栅栏的？
这确实很奇怪。
查尔斯爵士，答应我你不会再离开我了，你会找到凶手的！
蛋蛋，我向你保证。这也是我最大的愿望。

我们认为第二起犯罪是源于第一起犯罪，应该深挖斯特兰奇医生的过去！
确实是这样！任何人都可能对医生怀恨在心。
巴塞罗缪爵士是我的好朋友，但在漫长的职业生涯中，他曾逼迫一些病人入院……
是的！……但谁会想伤害一位牧师呢？
杀人狂？复仇？因此，才有必要回顾过去。
介意我记笔记吗？杀人狂……复仇……
我们一致认为凶手必须出现在两次宴会的现场，对吧？
是的，这不可避免！
我的天哪！
请放心！你不在嫌疑人名单上。
但我应该和其他人一样在名单上！我母亲也一样，我不应该享有特权！
好吧！11月12日至3月31日每天晚上你都做了什么，小姐？
哦，查尔斯爵士！
你尽管嘲笑吧，我拒绝被排除在嫌疑人名单之外。别再说了！
安吉拉·萨克利夫？
头号嫌疑人！这位女士从头到脚都不对劲！还有她看你的眼神，真让人难以忍受！
嫉妒在此毫无意义，我的孩子！
哈哈！

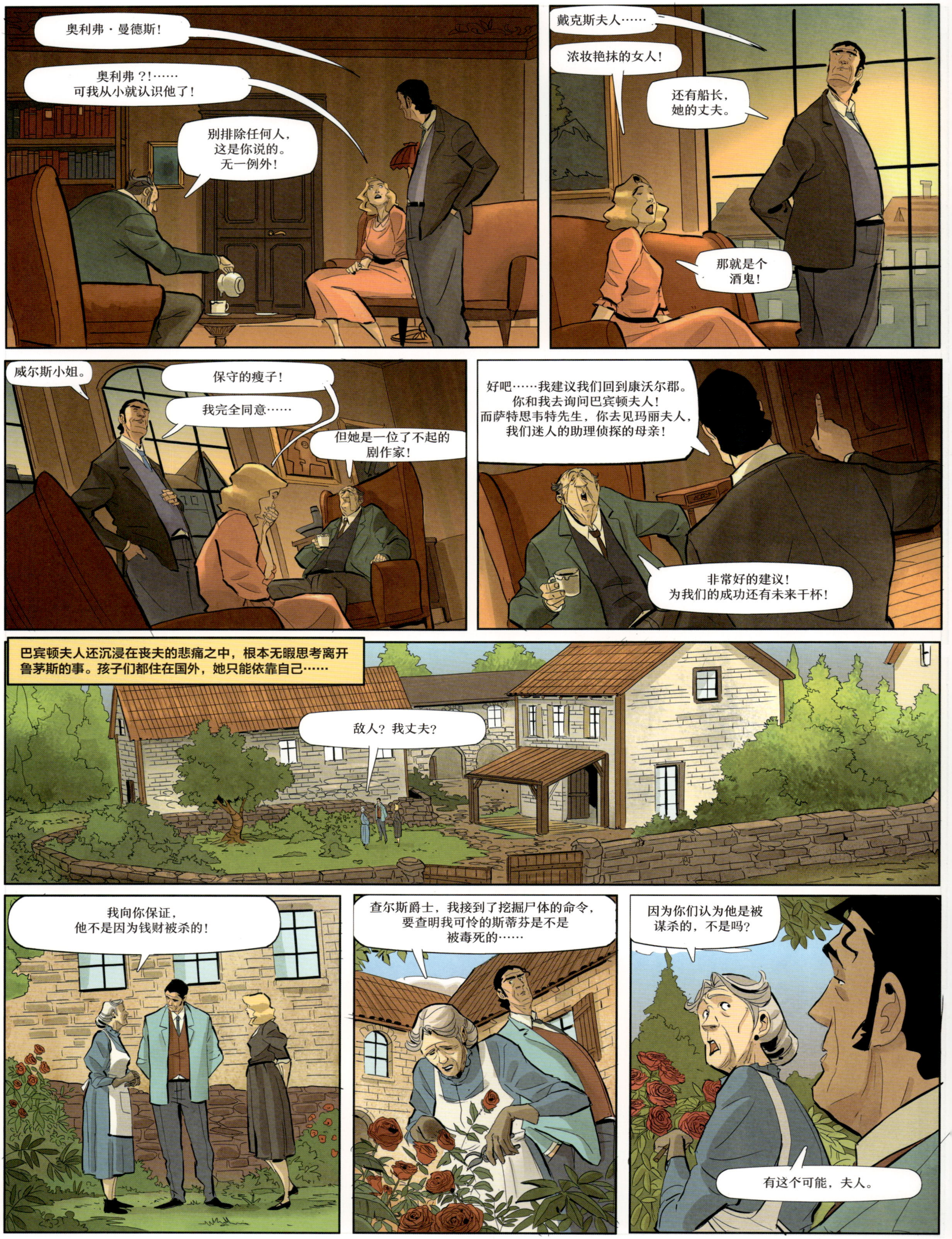
奥利弗·曼德斯！
奥利弗？！……可我从小就认识他了！
别排除任何人，这是你说的。无一例外！
戴克斯夫人……
浓妆艳抹的女人！
还有船长，她的丈夫。
那就是个酒鬼！
威尔斯小姐。
保守的瘦子！
我完全同意……
但她是一位了不起的剧作家！
好吧……我建议我们回到康沃尔郡。你和我去询问巴宾顿夫人！而萨特思韦特先生，你去见玛丽夫人，我们迷人的助理侦探的母亲！
非常好的建议！为我们的成功还有未来干杯！
巴宾顿夫人还沉浸在丧夫的悲痛之中，根本无暇思考离开鲁茅斯的事。孩子们都住在国外，她只能依靠自己……
敌人？我丈夫？
我向你保证，他不是因为钱财被杀的！
查尔斯爵士，我接到了挖掘尸体的命令，要查明我可怜的斯蒂芬是不是被毒死的……
因为你们认为他是被谋杀的，不是吗？
有这个可能，夫人。

我们理解这对你而言很难接受！
我对此是不高兴，但我相信他已经在天国里安息。人间没有任何事情可以再伤害他了！
你用尼古丁溶液治疗玫瑰花？
和其他人一样啊！今年虫害非常严重，我没有别的选择。
如果我丈夫是尼古丁中毒而死的，我肯定会报警。但我可以向你们保证，他从没动过我的园艺用品。他对园艺毫无兴趣！
巴宾顿夫人，你认识那晚在鸦巢的客人中的哪些人？
你，查尔斯爵士，还有你，小姐，还有你可爱的母亲……
当然还有奥利弗·曼德斯。
安吉拉·萨克利夫呢？
当然，我们在报纸上见过她的照片，但从未见过本人。
我们也不认识你的好朋友斯特兰奇医生……
也不认识威尔斯小姐！
至于那位装扮精致的戴克斯夫人和她的丈夫，他们对我们来说完全是陌生人！
我真想不通为什么会有人杀了我可怜的斯蒂芬！

与此同时，在几英里外，萨特思韦特先生正在与玛丽·利顿·戈尔喝茶……
哦，你知道，我只对一件事感兴趣，那就是我女儿的未来！
我一直都不喜欢那个招摇的奥利弗·曼德斯。他痛恨既定的秩序和神职人员！
你知道他曾经对那个可怜的牧师无礼吗？
真的吗？
真的！……就在我家，两年前！
他声称应该拆除所有的教堂。斯蒂芬回答说这毫无意义，因为在那之后还是得跟上帝算账！
啊，这很有意思！
当然，这只是说说而已。他还年轻，对自己也不自信。
奥利弗·曼德斯的父母并没有正式结婚，他父亲基本不管他。
所以我才希望女儿嫁给最好的那一个。她太冲动了。
我自己也被丈夫骗过。他很善良，但婚后他一直对我不忠……而最糟糕的是，他死的时候我还为他哭泣！
第二天，在伦敦。
更确切地说，是在伦敦查尔斯爵士的套房里。
赫尔克里·波洛，米尔雷小姐？好吧，请他进来！
波洛先生！
我的朋友们，可以吗？
波洛刚从蒙特卡洛回来。他本以为能见到他的好朋友萨特思韦特先生，可他不在家，于是来到了查尔斯爵士的住所，他很肯定能在那儿见到萨特思韦特。

我是来道歉的！
道歉？为什么道歉？
巴宾顿牧师死去时，我说你看什么都是邪恶的……我错了！
你朋友斯特兰奇医生死后，我必须承认你是对的！
所以我来了，亲爱的朋友们……如果你们愿意让我参加你们的会议，我很乐意贡献我的微薄之力。
太好了！
可……我们都是听从查尔斯爵士的建议行动。
利顿·戈尔小姐的意思是，你可能不会喜欢我们业余的做法。
别这样，你已经证明了你的能力和天赋，而我也证明了我的失败。我一定会非常低调……
但如果我的出现让你们为难，我就告辞了。
完全不是这样，波洛。相反，这是我们的荣幸！
非常荣幸……
你呢，小姐？
我……
什么？
波洛先生，我们非常欢迎你加入！

> 他们立即与波洛分享了调查进展。

> 我的朋友们,你们非常棒。没有你们和你们的洞察力,我们将对管家一无所知!

> 还有你,小姐,我必须称赞你细致入微的观察!

> 非常感谢……

> 看到年轻人发挥聪明才智真是令人高兴!

> 是的,当涉及好友死亡时,高兴总是不对的,但你们让我感到非常惊讶!

> 嗯……不过,请告诉我们……你对案件的一个细节,也就是德·拉什布里杰夫人怎么看?
> 我认为这一点值得进一步调查。你们已经证明,没有任何细节是可以被忽略的。

> 无论如何,如果医生是杀手的目标,而这是有可能的,那么牧师的死就很难解释了……当然,除非他误喝了那杯鸡尾酒!

> 如果凶手想用鸡尾酒毒死巴塞罗缪,那他的消息可就不灵通了。

> 什么意思?

> 巴塞罗缪非常讨厌鸡尾酒,他完全无法接受。给他的是一杯波尔多红酒!

> 有意思……这很关键……

> 如果牧师是目标的话……他完全可能喝到另一杯酒。只有他的妻子可能在宴会前给他一粒药片……
> 可巴宾顿夫人不在医生的别墅里。这应该能洗清她的嫌疑。

> 你怎么能认为她会是凶手呢?!她爱她的丈夫。这种行为有违天性!
> 谋杀本身就是违反天性的,小姐。

> 波洛是对的。我们必须把名单上的所有人都视为有罪,然后逐一排除嫌疑!
> 我同意。

那就这样……请继续在查尔斯爵士的指导下调查!

我只是个监督者。我会很乐意帮助你们,如果你们需要,我会给出我的意见。

祝大家晚安!

我们也走了。蛋蛋,我可以送你吗?

谢谢你,查尔斯爵士。

我就知道你会来!我在蒙特卡洛告诉你医生死讯的时候就知道。

你能保证看着查尔斯爵士吗?

结案的时候,我们会把所有的功劳都归于我们英俊的演员……

这样他就不会在他心爱的人眼中受到任何伤害或羞辱!

谢谢你,波洛!

当然……当然……

第二天，在同样的地点，大家商量如何分工……
辛西娅·戴克斯和她迷人的船长丈夫？
我认为蛋蛋是向这个女人打听消息的最佳人选！她那么年轻，而且有品位……
好！如果这样行不通，我认识赛马场的一些人！
查尔斯爵士，我觉得你可以和安吉拉·萨克利夫谈谈。我毫不怀疑你知道如何与文艺界人士打交道……
这正是问题所在，亲爱的朋友！我太了解她了！我可能会被影响……
确实如此！
你为什么不自己去问她呢？我来负责威尔斯小姐。
好的！我很愿意与这位才华横溢的女士交谈。
萨特思韦特先生，你能不能也问问奥利弗·曼德斯，他为什么要在修道院假装那么一出事故？
当然可以！
告诉他警方开始怀疑他了。看他怎么回应……
可怜的年轻人……他现在情况很糟糕……
对不对，波洛？
当天晚些时候……
勇敢点儿，蛋蛋！
别再发抖了，忘记自己身无分文这件事！
赫米欧·米顿·戈尔，昵称蛋蛋，推开安布罗西妮女装店的大门，这是辛西娅·戴克斯的女装店。

啊，如此美丽又年轻的小姐！
见到你真是太高兴了！
？
找到自己喜欢的了吗，利顿·戈尔小姐？
哦，戴克斯夫人……
不得不说我真不知道
该选哪件……
我以前几乎买不起衣服。我们太穷了。
你那天在鸦巢穿得那么精致、
那么漂亮，我就对自己说："现在
我有钱了，一定要去找戴克斯夫人，
听听她的建议！"
哦，你真是个好女孩。
我非常喜欢打扮年轻女孩！
你很有个性。
你的衣服要简约
不需要太引人瞩
目……你明白吗？
我想要四套晚礼服，
两三件平时穿的
衣服，还有一两套
运动服……
嗯，就是这类的。
戴克斯夫人的语气
变得更甜美了。
如果这个浓妆艳抹的女人
知道我的银行账户里只有
十五英镑又十二先令……
你说什么？
呃……
没什么，我……
我……我猜你没有再回过鸦巢吧？
没有，亲爱的，我当时太震惊
了！也就我俩之间说说，康沃
尔郡充满了艺术气息……那些
艺术家，穿得如此糟糕……

你认识巴宾顿牧师，对吧？
那个老木乃伊？
不，完全不认识！
可他好像提过……
哦，是吗？
不，玛塞尔，不是的！我跟你说的是“小小丑闻”的感觉……模特珍妮身上的款式……然后是帕图。打起精神来，该死的！
还有巴塞罗缪爵士中毒的事！太难以置信了，不是吗？
啊，别跟我提这些事！
不过，我其实不应该这么说，但自从那个悲伤的日子以来，伦敦所有的庸俗女人都排着长队来这里看我的反应！
我的生意简直变得蒸蒸日上！
但这时一位身材魁梧的美国女士进来，打断了辛西娅·戴克斯的话，很显然这是一位大顾客。
哦，亲爱的！
新来的顾客提出各种要求，听上去像是一笔大单子。蛋蛋趁机向售货小姐说她需要再考虑一下，然后悄无声息地离开了。
一小时后，女装店的一位模特从店里走了出来……
小姐！
什么事？
我能邀请你共进午餐吗？我想向你坦白一件事！
年轻员工被蛋蛋真诚的善意和自己的好奇心所吸引，接受了邀请。
LITTLE BETTYS CAFE
其实，我不是来买衣服的，而是被派来做一个关于女性职业的调查。我是一名记者！
但我对这方面一无所知，所以就壮着胆子来碰碰运气！

我假装想买很多衣服，但其实我只有几英镑可以用来买衣服，还得撑到圣诞节！
噗……如果夫人知道了，她一定会气急败坏的！你刚才表现得很完美。她以为你会把店里的所有衣服都买下来！
两人很快拉近了距离。从这一刻开始，对方打开了话匣子……
我听说戴克斯夫人是个可怕的女人……是真的吗？
我们都不喜欢她，这是真的。不过，她对这一行了如指掌，也确实很有品位！
她应该赚了很多钱吧？
我不想饶舌……但安布罗西妮的情况很糟糕。她甚至还贷款维持店里运转，以避免倒闭……
那她丈夫呢？
那是个怪人，嗜酒如命，还总在赛马场输钱。要不是有她，他可能已经在监狱里或者水沟里了！
店里的其他女孩告诉了我一些事情，但我并不喜欢说闲话……
看得出来。她们说什么了？
她们经常说起一个年轻人……很有钱，但有点儿疯疯癫癫的。夫人一直在追求他。
他本可以拯救夫人的生意……是的，但有医生建议他去海边休息休息……于是在毫无征兆的情况下，那个疯子突然就消失了！
好像那个医生就是在约克郡被毒死的那个……
巴塞罗缪·斯特兰奇爵士？
就是他！我还没告诉你我们在店里聊的！大家猜测会不会是夫人的报复行为？
戴克斯夫人又严厉又凶狠。她完全可以成为一个杀手。不过也别太当真……
我们只是开玩笑！
辛西娅·戴克斯，很可能有财务危机。被描述为“脾气很坏”。据说与一个（富有的）年轻人过从甚密，年轻人照巴塞罗缪·斯特兰奇爵士的吩咐出海旅行。跟她提起巴宾顿的事时，她没有任何反应。

乘坐出租车到达戴克斯的住所时，赫米欧·利顿·戈尔正好迎面碰见船长。他在纽伯里赛马场辛苦了一天，正在回家的路上。他立即邀请赫米欧去附近的七十二号俱乐部喝一杯。
我们每次见面时，都有人死去。希望这次死的是一匹马！
于是，她对这个奇怪的人有了大致的了解。
巴宾顿牧师？不，我不认识他。
德·拉什布里杰夫人？不，应该也不认识。
但是，我不想告诉警察……我不信任他们！在斯特兰奇死后，我看到威尔斯小姐，她长着一张老鼠脸，她在翻我的行李！
真的吗？
我的确有时候会出现幻觉，但看到的都是粉红色大象之类的，而不是老鼠脸。
从七十二号俱乐部出来，她遇见了一个出乎意料的人。
米尔雷小姐，你还好吗？
不……我……我从生下来就认识他了！
你在说谁？
巴宾顿牧师！我母亲住在吉尔林，他曾是那里的教区牧师！真是太震惊了！
我不知道该怎么办。我母亲腿脚不便。也许我该去看看她！
？！
“康沃尔郡开棺验尸结果：牧师死于尼古丁中毒！”
我的天哪！

同一天，萨特斯韦特先生拜访了知名女演员安吉拉·萨克利夫。

你是像那些法国人说的那样来欣赏我美丽的双眸，还是想从我这里得到什么，你这个坏蛋？

你不相信是前者吗？

说吧说吧……在你和蔼可亲的外表下，其实是渴望血腥气的！

那再好不过了，可悲的事实是，我对这个案子无话可说，对那位牧师也无话可说，我和他没有任何关系，我甚至都不认识他！

管家可能走的秘密通道呢？

我向你保证，我不是。

巴塞罗缪确实跟我提过，但他还没来得及给我看就死了……不过，那天年轻的曼德斯不请自来，确实让人很不愉快。

"这是敲门的新方法吗？"医生对他说。

查尔斯爵士也是如此，当他和我……当我们非常亲密的时候……令人惊讶的是，男人一旦决定安定下来，就会变得乏味无趣。

我经常在想他为什么从不结婚。

可怜的人，他并不缺乏智慧。

哦，他不是会结婚过日子的类型……不过，他是一个充满魅力的男人！

我和他依然是朋友，年轻的利顿·戈尔小姐对这件事耿耿于怀。她害怕我会把他抢走……甚至怕我会让他堕落！

可怜的人，如果她知道我们一起经历过什么……她一定会吓坏的！

年轻人很容易被吓到，这是事实。

哦，别担心！我没打算写回忆录来披露我的感情生活！

在杜丁区上卡斯卡特路 5 号，查尔斯爵士被带进的客厅，四壁颜色混杂……
嗯……真难看！
你好，查尔斯爵士。
威尔斯小姐……
在这里见到你真是意外。你应该去见见我的母亲！她热爱戏剧，特别是浪漫爱情剧。她一般去看日场演出……看的时候还会吃巧克力……
她经常跟我提起你的一出戏剧，你在其中扮演一位在上大学的王子。
很高兴仍然有人记得我。你说得在理，那些戏剧，还有抹布一样的布景完全不适合我！
你在创作剧本吗？
是的。《小狗大笑》……
当然，那只嘲笑人类的小狗就是你……
你说呢？无论如何，你应该知道，你的好朋友安吉拉·萨克利夫将扮演其中一个角色。我母亲高兴坏了！
话说回来，是萨特思韦特先生让我来的。他说你的观察力很敏锐，修道院的一切都逃不过你的眼睛！
好吧，你到这儿来不可能是为了我。
快告诉我一切！
对查尔斯爵士来说，威尔斯小姐的笔是凶狠而玩世不恭的，一说起话来，则圆滑而不讨人喜欢。

那个管家的手像学者的手。另外，现在想起来，有一件事我没有告诉警察。

他手腕上有一个胎记！

左手腕还是右手腕？

我不记得了……

把这个盘子递给我！

?!

让我想想……我当时这样坐着。

现在，把盘子递给我，假装它是一盘蔬菜！

要卷心菜吗，夫人？

左手腕，应该是左手腕！

查尔斯爵士告辞时不禁想："这女人知道些什么，我发誓……我愿意不惜一切代价知道那是什么！"

同一天，在施派尔和罗斯金融机构的办公室里，
奥利弗·曼德斯在此为他的舅舅工作。
年轻人，你看报纸了吗？
你想说美元还是金融危机？
不，是巴宾顿牧师开棺验尸的结果。现在已经证明他是被尼古丁毒死的！
SPEIR & ROSS
是的，我看见了。
蛋蛋会很高兴的！她一直坚持说那是谋杀。
但你知道，人死了就是死了，对我来说没什么区别！
你错了。你应该当心！
当心？
是的。警察有他们的想法。你过去与牧师不和，尤其是，你那天在修道院不请自来！
警察不用担心，我可以解释一切。
什么意思？
我收到斯特兰奇医生的一封信，他让我假装出了意外，并接受他的留宿。
为什么？
他不能将原因写在信里，但他答应那天晚餐结束后会告诉我。
但晚餐结束时，他已经没法说了。真遗憾。

那封信呢?
我把它撕掉了。
真可惜。这一切看起来太牵强了!
你不相信我,是吗?
哦,不……我……
你为什么对此感兴趣?
一只猎犬为什么要追踪猎物?
萨特思韦特先生对自己的回应非常满意,便告辞了。我们怎么能怀疑这个年轻人的诚实呢?
稍后,在波洛下榻的丽兹酒店套房里。
没错,关于巴宾顿的信息确实不多,但你们给我带来了一些非常有意思的东西。
威尔斯小姐知道一些事情。戴克斯船长并不是问心无愧。他太太急需钱。米尔雷小姐焦躁不安。还有奥利弗·曼德斯的故事也非常牵强……
太棒了!
你说米尔雷小姐的母亲腿脚不便。去问问她,腿脚不便的人总是什么都知道!
仅此而已?你自己什么都不做吗?
正好相反,我打算举办……

一场雪利酒会！……到时出席的会有戴克斯夫妇、米尔雷小姐、萨克利夫小姐、威尔斯小姐、曼德斯先生和你的母亲。当然还有你们三位。
波洛先生，我感觉这个客厅就像一张蜘蛛网，而我们这些小苍蝇已经落入了陷阱。
我似乎已经看到你伸出手指说："坦白吧，女人！"
然后你就会崩溃大哭、供认不讳，是吗？了不起的想象力！
来一杯雪利酒？
非常乐意！
拜托，这是朋友间的聚会，不是吗？我们还是不要谈论谋杀、流血、毒药……那会扫兴的！
让我们忘掉第一次见面时的情景，都轻松起来吧！
戴克斯夫人，你的礼服真是迷人！
为你干杯，蛋蛋！

干杯!

每个人似乎都有心事，都不是特别开心。

比起鸡尾酒，我更喜欢雪利酒。别跟我提威士忌。喝了威士忌，你的味觉就毁了。

要品尝法国的葡萄酒，你千万不能……

啊!

查尔斯!

我的天哪!

请让我来!

查尔斯爵士，查尔斯爵士，快醒醒……

他死了!

查尔斯，快回答我!

这太可怕了……

"无所不知"先生，这下你满意了吧？!
又一起谋杀案，就在你眼皮子底下！
是你杀了他！
但我是个特殊的杀手。
？!
我既可以杀人，
也可以将人复活。
查尔斯爵士，非常精彩的表演。
但现在你可以谢幕了。
谢谢你，波洛！
哦！
波洛先生，你太过分了！
还有你，简直就是个魔鬼！
女士们、先生们，我请求你们原谅。但这出小小的闹剧是必要的，
它证明了一个事实：我的推理是正确的。
我也表示抱歉……
这个托盘上摆满了杯子，这些杯子与
查尔斯爵士和巴塞罗缪爵士家里的
杯子一样，我在其中一杯里面
加入了一勺水。
这一勺水代表了
提纯尼古丁！
任何人，无论是管家还是女仆，
或者哪位客人，都可以在餐厅
往里面倒入致命的毒药。

这就是今晚我们上演第三场悲剧的原因。我请查尔斯爵士扮演受害者，他的表演很出色。
真的，我……
他们会检查酒杯！
拿去化验，然后发现毒药的痕迹？
但让我们想象一下，这不是一出虚构的戏剧，而是真实发生的犯罪……
查尔斯爵士死了！
警察会怎么做？
当然了！
你错了。什么也检测不出来。
为了变戏法，我必须趁大家的注意力集中在其他地方时下手。当查尔斯爵士倒下时，所有人的目光都转向了他的尸体，每个人都赶到他身边……
没有一个人在看我。我趁机换掉了杯子。
这就是证据！
这就是为什么在修道院的酒杯里没有发现任何异样……
谁换了杯子？
这正是我们要查明的，小姐……
所以你并不知道？
客人们纷纷表示要离开，觉得自己被戏弄了。
请等一下，我还有话要对诸位讲。

今晚我们上演了一出喜剧，但事实上，这喜剧也可能变成悲剧……
凶手可能会第三次作案！
如果你们当中有谁知道什么……任何与这起凶案有关的情况，我恳求这个人现在讲出来。沉默可能导致死亡……
没有人？好吧，我已经警告过你们。
客人们感到有些不适，陆续离开了。只有蛋蛋、萨特思韦特先生和查尔斯爵士留了下来……
波洛，你真是个魔术师！
你现在明白我为什么不能让任何人提前知道了吧。
查尔斯爵士倒下时我想观察一个人的反应。但我不会告诉你是谁。这是我的秘密……
成功了吗？
非常成功！我看到了……最为惊诧的表情。
意思是你知道谁是凶手了？
可以这么说，小姐。
但是，所有事情你都清楚了？
刚好相反，我什么都不清楚！因为我还不知道斯蒂芬·巴宾顿为什么会被杀。一切的关键就在这里，杀死他的动机……
不弄明白这一点，我就什么都证明不了。

大家还在思忖波洛说的是什么意思时，有人敲了敲门……
TOC TOC！
（咚咚！）
门打开后，一个侍者走进来，手里托着一个银盘。
电报，波洛先生！
谢谢，年轻人！
我看看，我看看……
难以置信！
你自己看吧，这和你有关。
天哪！
德·拉什布里杰夫人！我们没有弄错。她跟这起案子有关系！
POST OFFICE TELEGRAM
54 - 63
263 2.36 PM LONDON T 19
请速来见我，可告知关于巴塞罗缪·斯特兰奇死亡的重要信息。
玛格丽特·德·拉什布里杰
RITZ HOTEL

根据波洛的说法，电报可能为案件带来新的线索，可是……

它使案情变得更复杂了。我们必须迅速采取行动，立刻……

既然如此，我们就别浪费时间了，乘明早的第一班火车过去！

查尔斯爵士和我原本是要去吉尔林的！

我们可以推迟。

我们为什么不分组行动？波洛先生和萨特思韦特先生去疗养院，我们去吉尔林。

查尔斯……

好吧。

我觉得这样安排非常好。查尔斯爵士是会见米尔雷太太最合适的人选。

那么，我的朋友们，我先回去了。此时空气清爽宜人，不过夜晚会很短暂。

第二天上午，吉尔林。

真是个好人……可怜的牧师！

我从报纸上看到了前任牧师被毒死的消息，我感到非常难过。村里的人都很喜欢他！

他的死确实令人费解。

他过去的经历似乎无法解释他悲惨的命运……

没有任何污点，如此高尚的人，太不幸了……我实在不明白。

米尔雷太太的讲述里没有有效信息，这让查尔斯爵士和赫米欧感到失望，便道谢离开了。

在教区登记册上，没有任何名字对案件有帮助，也没有德·拉什布里杰的名字。

又是在浪费时间！

46

你感到后悔吗？
和你共度一个上午怎么会后悔？不过调查方面还是挺让人失望的，不是吗？
噗……
你在笑吗？
是的，但不是笑你……
多么可笑的名字！毕考克(Bicock)！草莓！兔子！……
STRAWBERRY
不过都没有我的名字可笑……
卡特赖特？！我觉得这名字挺好的！我已经开始想象自己是卡特赖特夫人了！
可惜卡特赖特只是我的艺名。我的真名会让你笑话的。
真的吗？快讲讲！
马格（Mugg）！就像一个杯子，或者一个旧的定音老鼓，或者一个十足的蠢货！
天哪，这个名字确实不太招人喜欢……
所以你更有理由喜欢那个蛮横的年轻人吧？
查尔斯，你倒下的时候我以为自己要死了。别跟我提奥利弗！
你真是个天使！
查尔斯，你不会在墓地里亲吻我吧？
我想在哪里吻你都行！

同一天，波洛和萨特思韦特先生去了已故巴塞罗缪·斯特兰奇的疗养院。
你是说德·拉什布里杰夫人？
是的，没错。她想见我们。
很抱歉，先生们，夫人今天早上去世了！
?!
这怎么可能？
萨特思韦特先生，我们又见面了！
?
你一定是波洛先生吧，很高兴见到你！
上校……
显然，我们总是在不幸降临的地方相见。我听说你想见那位可怜的女士？
“这个案子和医生中毒案惊人相似。德·拉什布里杰夫人收到一盒酒心巧克力。她吃了一颗，马上就死了……”

我们将开始化验分析。我会告诉你结果的！
一盒巧克力？你知道是谁拿过来的吗？
是当地的一个小男孩！你想和他聊聊吗？他就在这儿！
当然，如果不麻烦的话。
一位……一位老人……穿着破旧，看上去很穷……
一位……一位老太太把盒子从疗养院的窗户里扔给了他……她叫他……把盒子拿给大楼另一端的住户！
可是……可是他不顺路……再加上时间匆忙，老人问我能不能帮忙！
嗯……
我……我不该这么做吗？
根据小孩提供的线索，我们会模拟画像，然后开始找人。
只能这样做了！
就这样，他们离开了。
波洛，你对此怎么看？
"二十四小时！给我二十四小时！我要思考。"波洛如此回答。
RITZ HOTEL

?!
波洛先生，利顿·戈尔小姐来了。
蛋蛋？……我说了给我二十四小时……算了，让她进来吧。
真不敢相信……这是“七家人”扑克游戏？!
我想是的，我不太会玩……
MRS. BUN
面包夫人，面包师的儿子！骨头先生，屠夫！
MR. BONES
MR. MUG
马格一家！这很有趣，你不觉得吗？
非常有趣！……在俚语里，马格的意思是“笨蛋”……
祝我幸福吧，你很快就要叫我“笨蛋夫人”了，因为查尔斯爵士的真名就是“马格”。
我衷心祝你幸福，小姐！希望你的幸福不是青年时期的昙花一现，而是恒久的幸福，是建立在磐石上的幸福！
你会来观看威尔斯小姐那出戏的彩排吗？
我不知道……
你说彩排？

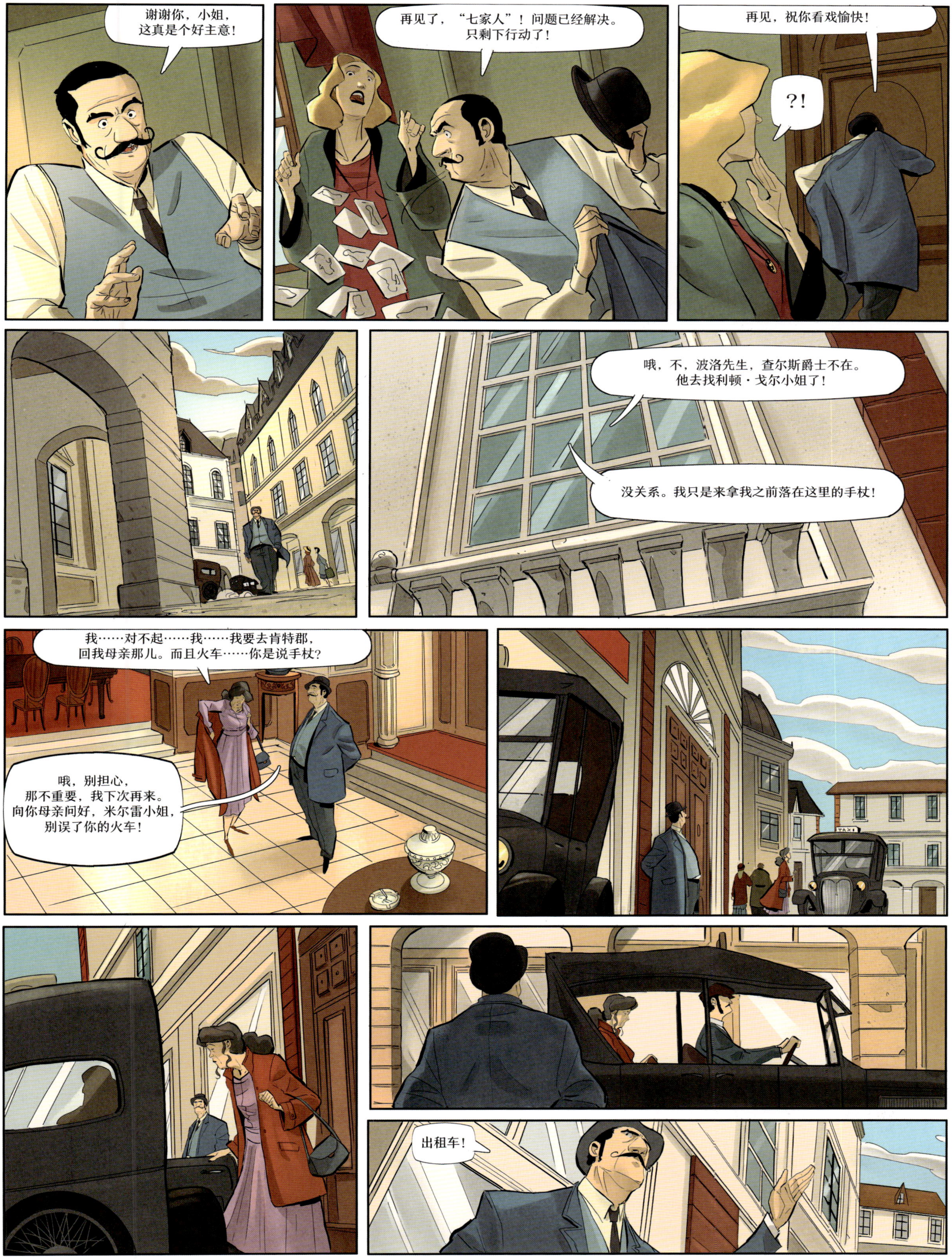
谢谢你，小姐，
这真是个好主意！
再见了，“七家人”！问题已经解决。
只剩下行动了！
再见，祝你看戏愉快！
?!
哦，不，波洛先生，查尔斯爵士不在。
他去找利顿·戈尔小姐了！
没关系。我只是来拿我之前落在这里的手杖！
我……对不起……我……我要去肯特郡，
回我母亲那儿。而且火车……你是说手杖？
哦，别担心，
那不重要，我下次再来。
向你母亲问好，米尔雷小姐，
别误了你的火车！
出租车！

PADDINGTON STATION
请给我一张到鲁茅斯的往返车票……
TICKET OFFICE
你假装去肯特郡看望母亲，其实是去康沃尔郡的鲁茅斯……
这证实了我的想法！
几个小时后，鲁茅斯火车站……
LOOMOUTH STATION
现在，我们又回到了鸦巢……

嗯?!

你不能这么做,亲爱的小姐,你要毁掉的是证据!

第二天！……波洛一个人站在舞台中央……

查尔斯爵士、萨特思韦特先生、蛋蛋和其他人都坐在观众席……

重建罪案经过需要将一个接一个的事实拼凑起来，就像搭建纸牌屋一样。

如果卡片不合适，纸牌屋失去平衡，就得从头开始。

很好！我认为有几种不同类型的思维：一种是戏剧性的思维，也就是导演的思维，追求通过人为的手法创造出现实的效果；另一种是观众的思维，允许自己被这些人为的手法所迷惑，这是年轻浪漫的思维……

最后，我的朋友们，还有一种非常乏味的思维：别人看见蔚蓝大海和含羞草，他只能看见舞台布景的背景布。

由此我想到了斯蒂芬·巴宾顿之死……

首先，我不相信像他那样的人竟会被谋杀；其次，我不明白毒药是如何下到特定的一个人身上的。

当时查尔斯爵士立即提出他是被谋杀的。我错了，他是对的！

可就在二十四小时前，我终于找到了看待这件事的正确视角。从这个角度来看，牧师的被害是可能的，也合乎逻辑！

不过，我想把这事暂时放一放！他的死，请允许我用一个形象的比喻，就是我们这出戏剧的第一幕。当我们都离开鸦巢时，第一幕的幕布落下了。

这场戏的第二幕，是从蒙特卡洛开始的，那时萨特思韦特先生给我看报纸上对巴塞罗缪爵士之死的报道，很明显，这两次谋杀是同一个犯罪案件的两次作案。

第三次谋杀发生后，也就是德·拉什布里杰夫人死后，整桩谋杀案就完成了。剩下的就是找到一个合乎逻辑的联系。

令我困扰的是，巴塞罗缪爵士的被杀为什么会发生在牧师被杀之后。
然而，在我看来，这才是主要的犯罪，其他两起都是次要的。

但牧师的死是第一起案子，很容易让人想到第二起案子是它的后续，谜团的关键在于第一起谋杀案。

有没有可能是巴宾顿先生不小心喝了原本给医生的毒酒？任何认识巴塞罗缪爵士的人都知道，他从不喝鸡尾酒。

不，凡事都应从最基本的地方考虑。斯蒂芬·巴宾顿是被蓄意谋杀的。但有一个障碍：这似乎是不可能的。

事实上，虽然你可以在杯子里下毒，但你很难强迫受害者选择那个杯子。你当然可以告诉他，但这并没有发生。

给人的印象是，杯子落在这个可怜的受害者的手里纯属偶然。

在鸦巢，查尔斯爵士、米尔雪小姐，也许还有女仆，都有可能碰过酒杯，但在修道院呢？他们在场吗？不在！那么究竟是谁偷换了巴塞罗缪爵士的波尔多红酒呢？

神秘的管家埃利斯？女仆？客人？虽然有风险，但任何人都可以偷偷溜进餐厅，往杯子里倒入尼古丁。

55

当我加入你们的调查时，你们已经列了一份名单。我立刻排除了戴克斯夫妇、萨克利夫小姐和威尔斯小姐，因为他们不可能事先知道斯蒂芬·巴宾顿会出席晚宴……
剩下三个名字：利顿·戈尔小姐、玛丽夫人和奥利弗·曼德斯。这三个都是当地人，认识牧师，可能会选择在那晚的宴会上作案。
萨特思韦特先生的推理思路和我大致相同，最终将目标锁定在了奥利弗·曼德斯身上。我必须说，那个年轻人是最有可能的嫌犯……
那天晚上，他看起来非常紧张。个人问题和自卑感是许多凶案发生的原因……他甚至和牧师发生过口角。
还有，他到达修道院的方式确实非常令人关注。
就在那时，我的朋友们，我的直觉敲响了警钟。明显符合逻辑的是，凶手应该是两次晚宴都在场的人！……
你们不觉得这太显而易见吗？
一个真正聪明的罪犯会想到，名单上的人必然会有嫌疑，因此他会想方设法不让自己出现在名单上……
换句话说，杀害两名受害者的凶手确实两次晚宴上都在场，但又没让人发现。
那么谁第一次在场，但第二次不在呢？查尔斯·卡特赖特爵士、萨特思韦特先生、巴宾顿夫人和米尔雷小姐。
我排除了米尔雷小姐、巴宾顿夫人和萨特思韦特先生，因为如果是他们，会立即被人认出来的！
只剩下查尔斯爵士了！
查尔斯爵士是一名演员，习惯于扮演不同角色。但他扮演的是哪个角色呢？
于是，我想到了管家，他是在案件发生前两周突然出现，又在案发后凭空消失。

他怎么会消失得无影无踪呢？非常简单：因为他根本就不存在。埃利斯是一个虚构人物！

在这方面，查尔斯爵士没有任何风险。如果有仆人认出他来，他只需把事情说成是个玩笑，这件事就会不了了之……

但是，你们可能会问，这可能吗？修道院的仆人都认识查尔斯爵士，巴塞罗缪爵士还是他的好朋友。

如果两周后还没有人认出他，那他就成功了。

仆人的一句话，让我感觉到了蹊跷……

他非常专业，虽然他有自己的一套做事方法！……

但医生就不一样了，他的朋友不可能骗得了他。所以需要告诉他这是个玩笑。

所有人都觉得巴塞罗缪爵士和埃利斯开玩笑很不寻常。这与他一贯的严肃很不相符。

如果管家是查尔斯爵士，而巴塞罗缪爵士也参与其中，那就可以理解了。

所以在医生看来，这是一个玩笑，一个会令观众目瞪口呆的玩笑。此外，他不是承诺要给大家一个"惊喜"吗？

如果有客人认出了查尔斯爵士，那玩笑就泡汤了。一切都结束了……可惜没人注意他。

更糟糕的是，除了威尔斯小姐，没有人注意到管家的手腕上有个胎记！

这一点稍后会详细讲到。

巴塞罗缪爵士死了。客人中有另一位医生，他检查了受害者后认为毫无疑问是中毒身亡。于是自然死亡很快就被排除了。
警察盘问埃利斯和其他人，然后埃利斯就逃走了，恢复了真实的身份，两天后便已经在蒙特卡洛的花园里散步了！
我没有任何证据，但一切都很吻合：我的纸牌屋非常坚固。那些敲诈信件呢？是查尔斯爵士自己写的，然后自己发现的！
至于那封所谓的巴塞罗缪先生要求奥利弗・曼德斯假装一起意外的信呢？依然是查尔斯爵士写的！……可惜我们年轻的朋友把信撕了！
现在让我们来看第三个受害者：德・拉什布里杰夫人。她的出现是因为巴塞罗缪爵士想知道他的安排是否进展顺利……
查尔斯爵士为了让人们忘记管家，才将注意力转到这个陌生人身上。
他去了疗养院，询问护士长——我已经核实过了——得知德・拉什布里杰夫人患有失忆症。太好了：他可以利用她来将我们引入歧途！
接下来，让我们看看威尔斯小姐扮演的角色。她既不好看也不友善，但她的洞察力惊人！
我敢肯定，她是唯一注意到管家的人。
谋杀案发生后，她四处窥探，到处翻找……
所以查尔斯爵士才会怀疑她，并执意要亲自去询问她。她是唯一注意到他的胎记的人。不仅如此……

当查尔斯爵士询问她时，她突然恍然大悟：查尔斯爵士和埃利斯是同一个人！
这就是为什么她要让他重新演一遍当晚的情景。不是为了弄清楚胎记究竟在他的左手腕还是右手腕，而是为了观察他的手和动作！
就这样，她接近了真相，但没有任何证据表明查尔斯爵士杀害了他的朋友。他伪装成管家这一事实并不说明他就是凶手。为了不暴露自己，她甚至选择保持沉默。
查尔斯爵士清楚她知道一些事情，因此，当务之急是把调查引向另一个方向，从而转移对这一关键点的怀疑。
于是，他制定了一个计划！
在我举办雪利酒会那天，查尔斯爵士一定起了个大早，然后扮成流浪汉。他交给一个小男孩一盒巧克力，让他交给一位从没见过也对她一无所知的夫人……
更重要的是，他发了一封电报，然后回到伦敦扮演我指派给他的角色。
当查尔斯爵士表演“精彩的猝死场景”时，我看着威尔斯小姐。她惊诧的表情让我确信她怀疑查尔斯爵士就是凶手，而当他倒下时，她以为自己之前的怀疑完全错了！
然而，她的处境非常危险。一个犯下两次谋杀的人是不会就此罢休的。这就是我发出警告的原因。
夜里，我和威尔斯小姐通了电话，她立即离开了住所。这一做法非常明智，因为查尔斯爵士当天就去杜丁区找她。不过晚了一步，小鸟已经飞走了！
但查尔斯爵士犯了一个巨大的错误：电报是发给我赫尔克里·波洛的，直接发到丽兹酒店！……
德·拉什布里杰夫人不可能知道我与这起案件有关系。于是我知道了凶手的身份，但还不清楚他的作案动机。
对我来说，我再说一遍，巴塞罗缪爵士的死才是主要的谋杀案。
但为什么要杀害他的老朋友呢？
你的想象力非凡，胆识过人，波洛先生。但还是请继续吧，我对你所说的很感兴趣！

既然你什么都知道，请告诉我，
我为什么要杀死我儿时的朋友？
为了一个女人……
我看到你和利顿·戈尔小姐在一起。热恋中！
一个中年男人可怕而炽热的爱意，
那是由年轻女孩激荡而起的。
而她，对你有着英雄崇拜情结。
你只要说一句话，她便会投入你的怀抱。
但你没有开口……为什么？
因为有某种障碍吗？很有可能，你已经结婚了。
那应该是很久以前，在你年轻的时候，
那时你还没有成为著名的演员，人们还不认识你。
那场婚姻不为人所知，而你又无法摆脱！
你妻子身上发生了什么事？如果她还活着，为什么没有人知道
她的存在？如果你们已经分居，那可以离婚。如果她因为宗教
原因拒绝离婚，我们依然会知道她的存在……
但残酷的法律规定，如果你的妻子被判处
终身监禁，或者被关进一家精神病院，
就不能离婚……
那该怎么办？
隐瞒真相？
你可以娶利顿·戈尔小姐
而不受惩罚，除非……但
只要有一个人知道，整件
事就会失败……比如说，
儿时的朋友。
一位正直可敬的医生，
绝不会允许你重婚，
拖累一个无辜的年轻
姑娘！
要娶利顿·戈尔小姐，你就
必须先除掉巴塞罗缪·斯特
兰奇爵士！
那个可怜的老牧师
呢？也许他也知道
这件事？
一开始我也是这样想的。但毒药并不是
为斯蒂芬·巴宾顿准备的，而是给在场
的任何一个客人的，除了利顿·戈尔小
姐——你亲自递了一杯酒给她，还有你
自己，以及巴塞罗缪爵士——他从不喝
鸡尾酒。

这太荒谬了，波洛！
我想不出这么做有什么意义！
然而，有意义的是，
这是我第一次遇到这样的杀人动机：
谋杀斯蒂芬·巴宾顿只不过是一次彩排！
查尔斯爵士是一名演员。他想在正式作案之前，先试探一下观众。他没有任何风险：没有任何明显的动机，也证明了不可能将有毒的酒给到特定的某个客人手中。
第二次作案时，不幸的是，现场有另一名医生，他立即怀疑是中毒。因此，查尔斯爵士不得不强调斯蒂芬·巴宾顿的死，并声称他朋友的死是第一次谋杀的后续。
但这并没有引起米尔雷小姐的警觉，她知道她的老板正在花园的一个房间里进行化学实验，而她买过大量用来处理玫瑰花的溶液。
当她从报纸上看到牧师死于尼古丁中毒的消息时，她立刻明白了。
可想而知她有多么矛盾！一边是她从小就认识的老牧师，另一边是她疯狂爱上的耀眼的老板。
她必须毁掉实验室的仪器。于是她去了康沃尔郡，而我跟随其后。
哈哈哈！就这样？几个实验玻璃瓶！……
这就是你唯一的证据？
不，还有你的护照，上面记录了你离开英国去里维埃拉的日期……还有一个女人……格拉迪丝·玛丽·马格，查尔斯·马格的妻子，她被送到哈弗顿郡立精神病院！精神失常，是无法离婚的两种情况之一。
哦！
查尔斯！……
这是真的吗？
这个人是骗子，
一个疯子！
蛋蛋……
查尔斯？
是的，我亲爱的小姐，
都是真的……
啊！！！

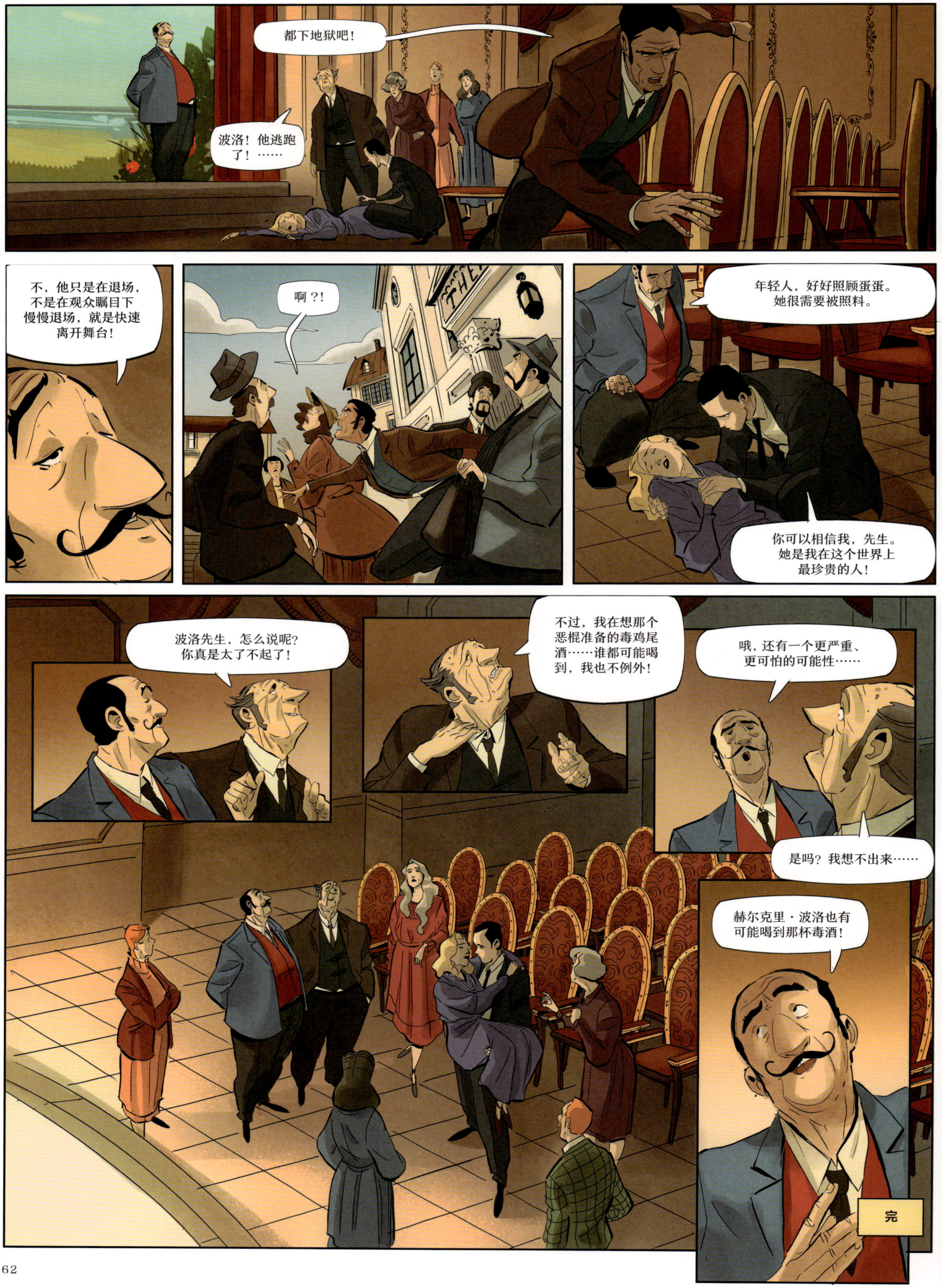

都下地狱吧！
波洛！他逃跑了！……
不，他只是在退场，不是在观众瞩目下慢慢退场，就是快速离开舞台！
啊？！
年轻人，好好照顾蛋蛋。她很需要被照料。
你可以相信我，先生。她是我在这个世界上最珍贵的人！
波洛先生，怎么说呢？你真是太了不起了！
不过，我在想那个恶棍准备的毒鸡尾酒……谁都可能喝到，我也不例外！
哦，还有一个更严重、更可怕的可能性……
是吗？我想不出来……
赫尔克里·波洛也有可能喝到那杯毒酒！
完

阿加莎·克里斯蒂作品
图像小说版

《东方快车谋杀案》
〔德〕本杰明·凡·艾格尔斯巴格 改编
蔡峰 绘

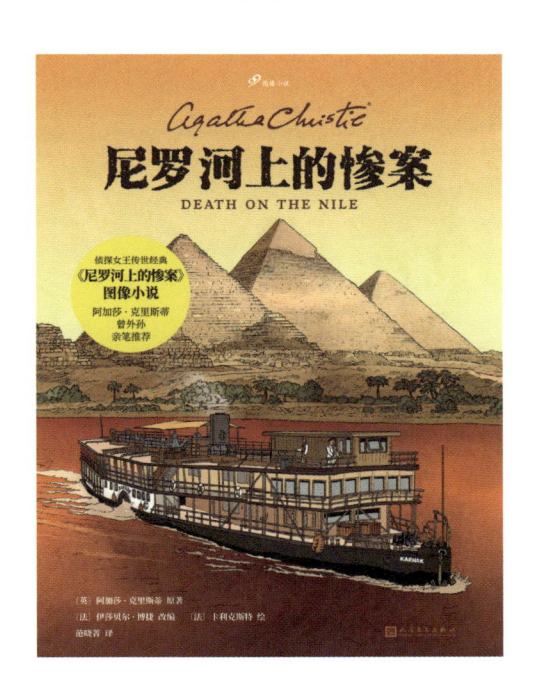

《无人生还》
〔法〕帕斯卡尔·达沃兹 改编
〔法〕卡利克斯特 绘

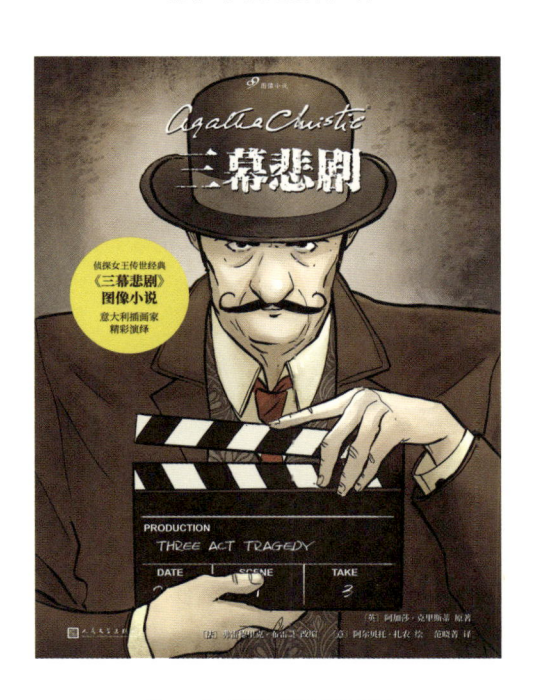

《尼罗河上的惨案》
〔法〕伊莎贝尔·博捷 改编
〔法〕卡利克斯特 绘

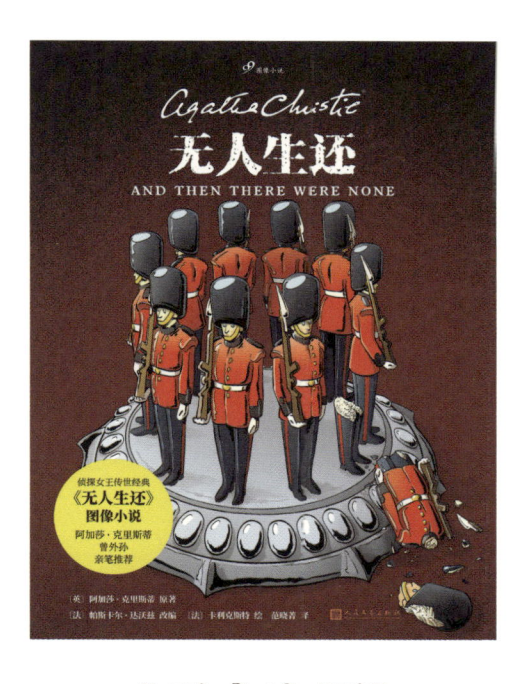

《三幕悲剧》
〔法〕弗雷德里克·布雷莫 改编
〔意〕阿尔贝托·扎农 绘